Ugo et Liza cosmonautes

Premières lectures

✱ Je commence à lire tout seul.
Une vraie intrigue, en peu de mots, pour accompagner
les balbutiements en lecture.

✱✱ Je lis tout seul.
Une intrigue découpée en chapitres pour pouvoir faire
des pauses dans un texte plus long.

✱✱✱ Je suis fier de lire.
De vrais petits romans, nourris de vocabulaire et de
structures langagières plus élaborées.

Pour écrire ses histoires et créer ses petits héros,
Mymi Doinet s'inspire souvent de sa vie.
Telle Liza, elle a longtemps eu le vertige.
Puis, un jour, elle a enfin pris l'avion, et là,
à travers le hublot, saperlipoplouf, sa peur
s'est envolée dans les nuages, comme par magie !

Depuis tout petit, **Daniel Blancou** aime bien avoir
la tête dans les étoiles. Merci à Ugo et Liza de l'avoir
guidé au cours de leur voyage dans l'espace !

Responsable de la collection :
Anne-Sophie Dreyfus
Direction artistique, création graphique
et réalisation : DOUBLE, Paris
© Hatier, 2013, Paris
ISBN : 978-2-218-97040-5
ISSN : 2100-2843

PAPIER À BASE DE
FIBRES CERTIFIÉES

Hatier s'engage pour
l'environnement en réduisant
l'empreinte carbone de ses livres.
Celle de cet exemplaire est de :
150 g éq. CO_2
Rendez-vous sur
www.hatier-durable.fr

Achevé d'imprimer par Clerc à Saint-Amand-Montrond - France
Dépôt légal : 97040-5/01 - Août 2013

LES PETITS MÉTIERS
D'UGO ET LIZA

Ugo et Liza
cosmonautes

écrit par Mymi Doinet
illustré par Daniel Blancou

HATIER
POCHE

1
Qui a volé les étoiles?

Ce soir, le ciel est tout noir,
au-dessus de Jouets-Ville.
Où sont les étoiles qui brillaient
là-haut comme des petites
ampoules?

Dans les rues sans lumière,
le livreur de pizzas
se trompe d'adresse!

Et sur les toits, les chatons
marchent à tâtons*.
Bing! Ils font tomber
les antennes de télévision.

Ugo et Liza ne voient rien
sur le trottoir gris.
Zut! Ils roulent à vélo
dans les flaques d'eau.

Tout mouillés, ils s'écrient :
– Le ciel est trop sombre, il faut
vite chercher le voleur d'étoiles.
Mais comment faire pour
le retrouver?

Robotaquin fait clignoter*
sa truffe*, et il aboie :
– Woua, woua, abracadabra!
Voici la plus rapide des fusées.

Ugo et Liza enfilent leur
déguisement de cosmonaute*,
et ils sautillent de joie :
– Merci Robotaquin!
Grâce à toi, nous allons piloter
dans les airs, et vite rattraper
le voleur de lumières.

Ugo, le bricolo, fait démarrer
la fusée.
C'est parti pour de bon,
elle décolle et double tous
les avions!

Mais oups! Ugo a oublié
sa carte du ciel.
Il se perd dans les nuages
et tourne en rond!

Liza étouffe dans la cabine :
– Nous sommes serrés comme
des sardines. Hop! Je vais sortir
de là.
Et Liza, l'acrobate,
monte à cheval sur la fusée.

2
Deux princes et une reine

Perchée sur la fusée,
saperlipoplouf!
Liza a le vertige. Elle tremble :
– Ugo, freine, ma tête fait
des pirouettes !

Soudain, boum! La fusée vient
de se poser sur la planète
de Barbe-en-rage,
le prince des orages. Ugo hurle :
– Prince, savez-vous qui a volé
les étoiles?

Barbe-en-rage n'entend pas Ugo.
Bang! Il fait des feux d'artifice
pleins d'éclairs, qui explosent
dans les airs.

Plus tard, sur sa planète
multicolore, le prince Barbouille
n'entend pas plus Ugo.
Pan! Il est bien trop occupé
à fabriquer des arcs-en-ciel
avec ses pistolets à peinture.

Ugo et Liza continuent
leur course folle.
Au loin, une planète brille
comme un diamant*.
Le voleur d'étoiles doit sûrement
se cacher là-bas!

Quelle surprise!
Sur cette planète, il n'y a pas
de bandit, mais une belle reine
des neiges, qui jongle avec
les flocons!

3
Un manège tout fou

La reine des neiges dit en riant :
– Venez faire un tour sur mon grand manège. Hi, hi, hi!
J'ai pris toutes les étoiles du ciel pour le décorer.

La reine des neiges appuie
sur sa télécommande,
et le manège tourne comme
une toupie.
Au secours, il ne peut plus
s'arrêter !

Liza voudrait descendre
et elle s'écrie :
– Robotaquin, aide-nous!
Mais abracadaboum!
Robotaquin ne peut plus bouger.
Zut! Ses piles sont usées.

Vite, vite! Ugo ramasse cinq
clous, et d'un coup de marteau,
les remet à la bonne place.
Aïe! Il s'est tapé sur les doigts.
Mais le manège est réparé.

La reine des neiges applaudit :
– Bravo les amis !
Vous méritez un beau cadeau,
voici quatre belles guirlandes
d'étoiles.

Ugo et Liza remercient la reine,
et hop là! Ils lancent les étoiles
dans le ciel.
Puis, à bord de leur fusée,
ils filent vers la Terre
à toute vitesse!

Au-dessus de Jouets-Ville,
les étoiles éclairent les rues
comme avant. Dring!
Le livreur de pizzas sonne
enfin à la bonne porte.

De retour chez eux, Ugo et Liza
mettent des piles neuves
dans la poche de Robotaquin.

Le chien aboie aussitôt :
– Woua, woua, abracadabra!
Voici un mini manège plein
d'étoiles. Cette nuit, il va éclairer
votre chambre, comme une petite
lampe!

jeu

Montre dans cette scène tous les éléments qui commencent par la lettre **F**.

mon mini dico

clignoter (p.10) : c'est s'allumer et s'éteindre plusieurs fois de suite.

cosmonaute (p.11) : c'est une personne qui voyage dans l'espace à bord d'une fusée. On peut dire aussi «astronaute» ou «spationaute».

diamant (p.19) : c'est une pierre précieuse qui est transparente et très brillante.

marcher à tâtons (p.7) : c'est marcher en touchant les murs et les objets pour se guider.

truffe (p.10) : c'est le nez du chien. C'est aussi un très bon champignon, et une friandise faite avec du chocolat.

HATIER
POCHE

POUR DÉCOUVRIR :

> **des fiches pédagogiques** élaborées par les enseignants qui ont testé les livres dans leur classe,
> **des jeux** pour les malins et les curieux,
> **les vidéos** des auteurs qui racontent leur histoire,

rendez-vous sur

www.hatierpoche.com